CATALOGUE

DES

Tableaux, Aquarelles, Pastels

PAR

BROOS, CICÉRI, DIÉTRICH, DUPRÉ (J.), FAIVRE (E.), FEYEN-PERRIN,
FLANDRIN, GÉNIOL, GUÉRARD, VAN LOO (AMÉDÉE),
PETITJEAN, ROUSSEAU (PH), WOUWERMAN (PH.), ETC., ETC.

Intéressant Portrait attribué à DANLOUX

LIVRES — OBJETS D'ART — PORCELAINES

MEUBLES

Dont la Vente après décès de M. et Mme D..., de Nancy

aura lieu

HOTEL DROUOT, SALLE N° 7

LE MERCREDI 29 JUIN 1910

A DEUX HEURES

COMMISSAIRE-PRISEUR	EXPERT
Me ANDRÉ COUTURIER	**M. GEORGES GUILLAUME**
Successeur de M. Léon TUAL	13, rue d'Aumale
56, rue de la Victoire	PARIS

EXPOSITION PUBLIQUE

Le Mardi 28 Juin 1910, de 1 h. 1/2 à 5 heures 1/2

CONDITIONS DE LA VENTE

Elle sera faite au comptant.

Les adjudicataires paieront *dix pour cent* en sus des enchères.

L'exposition mettant le public à même de se rendre compte de l'état et de la nature des objets, il ne sera admis aucune réclamation une fois l'adjudication prononcée.

Paris. — Imp. de l'Art, Ch. BERGER, 41, rue de la Victoire.

PRÉFACE

Les tableaux qui sont plus loin catalogués ne constituent pas une collection, au sens légèrement pompeux qu'on est convenu de prêter à ce mot; ils furent seulement la parure du cabinet de M. D..., et n'eurent point d'autre prétention que de donner de la joie à cet amateur délicat.

Pendant les laborieuses années de sa carrière, M. D... a été en effet un guide écouté et renseigné pour les amateurs de Nancy. Occupé par une industrie où il était indispensable qu'il fit à la fois de l'art et de l'histoire de l'art, il fut l'un des fondateurs, et pendant un long temps le trésorier de la Société des Amis des Arts de Nancy, et il aimait trop ce qui était peinture et dessin pour souffrir qu'autour de lui les murs fussent muets.

Aussi conviendra-t-il de ne point passer indifférent devant ce qu'il avait réuni; devant le plafond de Ch.-Amédée-Philippe Van Loo, où le peintre a pris pour thème le Triomphe de la Justice, œuvre de conscience et d'inspiration qui avait été justement admirée à la grande exposition rétrospective organisée à Nancy en 1875; devant La Réprimande, qui fut l'un des succès de la *même exposition et y fut cataloguée comme étant une œuvre de Legrand, peintre lorrain du XVIIe siècle, mais où on serait plus tenté de reconnaître un maître coloriste, soit un des frères Le Nain, soit même Frans Hals ; devant cette curieuse interprétation des* Cinq Sens, *dont l'attribution est si difficile à établir, et dont la séduction est si réelle ; devant la jeune fille au miroir qui évoque magnifiquement l'art de Greuze ; devant ce très précieux portrait, inconnu jusqu'à ce jour, de Mme Roland, portrait que l'on donne avec raison au pinceau de Henri-Pierre Danloux ; devant les* Musiciens ambulants, *de Dietrich, dont Wille a exécuté une admirable gravure, etc.*

Mais le cabinet de M. D... renfermait une série d'œuvres qui doivent particulièrement fixer l'attention des amateurs, parce qu'elles sont une occasion de tirer de l'oubli des peintres de talent qui eurent peut-être le tort, — disons la malechance, — de demeurer des peintres régionaux ; et à l'époque où ces peintres vivaient, la difficulté de voyager ne leur permettait pas de se répandre partout, ainsi qu'on le voit faire à des peintres d'aujourd'hui.

C'est ainsi que beaucoup d'amateurs ignorent Alfred-André Géniol, né à Nancy en 1813, décédé à Bicêtre, en 1861. Il envoya presque régulièrement aux Salons de 1839 à 1852 ; mais il est « un disparu », et cependant les deux profils que M. D... avait retenus de lui sont des morceaux d'art élevé et délicat.

On ne connait plus guère également Eugène-Charles-François Guérard, né à Nancy, en 1821 et décédé en 1866, exposant aux Salons de 1842 à 1852 ; et cependant la lithographie qu'il fit de son Bal Mabille, l'adorable aquarelle plus loin décrite, fut célèbre en son temps ; c'est le même voile d'ombre qui s'est étendu sur le nom d'Émile Faivre, né à Metz en 1821, décédé en 1868, exposant aux Salons de 1855 à 1866 ; de Christophe Fratin, né à Metz en 1810, décédé en 1864, exposant aux Salons de 1839 à 1852. M. D... en gardant les Œuvres d'art qui vont être vendues aura ainsi aidé à réveiller leur souvenir, et ce sera une joie pour sa mémoire de nancéen, fortement attaché à la terre natale.

Il n'attendait pas d'ailleurs que le peintre qui était son compatriote fût un homme arrivé ou en passe d'arriver pour s'attacher à lui, et les tableaux, déjà anciens, qu'il possédait de Feyen-Perrin ou de M. Petitjean, indiquent qu'il se plaisait à encourager l'artiste à ses débuts, pourvu qu'il manifestât un tempérament doué.

Mais il faut me borner : en allongeant ces lignes, je dépasserais la mesure qu'il convient de garder devant ces tableaux que l'amateur aima sans orgueil, et dont il eut une compréhension sans emphase. Et pourtant, c'est devant ces ensembles d'œuvres qui semblent participer à l'âme d'un homme, et qui à la longue deviendront partie intégrante de sa vie, qu'on se sent tenté de ba-

varder. Parce qu'après la disparition de leur possesseur, les tableaux sont comme des orphelins,
on voudrait avec eux échanger longuement de
longues confidences, avant que le hasard des enchères leur ait trouvé des pères d'adoption; et
tout cela ne va pas sans beaucoup de mots, et un
peu d'émotion...

L. ROGER-MILÈS.

TABLEAUX

LIVRES

ADELSWARD (G. d')

1 — *Rue d'Alger.*

Signé et daté : *1877.*

BROOS (J.-J.)

2 — *Le Singe savant.*

Signé et daté : *1876.*

CALLOT (D'après Jacques)

3 — *Les Gueux.*

(Probablement du peintre hollandais Jacob Heusch.)

CICERI (Eug.)

4 — *Bestiaux à l'abreuvoir.*

Panneau. Signé et daté : *1850.*

DANLOUX (Attribué à)

5 — *Portrait de Mme Roland.*

Elle est assise dans un parc sur un banc et s'appuie du bras gauche sur un guéridon ; de la main droite, le bras pendant naturellement, elle tient un livre à tranche rouge dont elle interrompt la lecture. Elle est vêtue d'une robe blanche, au corsage décolleté et porte, en guise de ceinture, un large ruban bleuté; un ruban de même couleur a peine à retenir les boucles rebelles de ses cheveux châtain clair. Son visage est rose, ses yeux bleus ont de l'esprit, son nez et sa bouche indiquent une ferme volonté.

Haut., 57 cent.; larg., 42 cent.

DAUBRÉE (Alfred)

6 — *La Fermière.*

7 — *L'Allaitement maternel.*

8 — *La Berceuse.*

DIÉTRICH

9 — *Les Musiciens ambulants.*

Panneau. Haut., 45 cent.; larg., 36 cent.

(A été gravé dans la grandeur de l'original par WILLE, qui en fut possesseur.)

DUPRÉ (Jules)

10 — *Paysage.*

Pastel. Signé en bas et daté : *1834.*

Haut., 16 cent.; larg., 40 cent.

DUPRÉ (Jules)

11 — *La Plage à marée basse.*

Pastel. Signé en bas à droite et daté : *1835.*

Haut., 16 cent.; larg., 38 cent.

E. O. (1864)

12 — *Les Écoliers.*

FAIVRE (ÉMILE)

13 — *Chevreuil apprivoisé broutant des fleurs.*

Haut., 2 m. 20 cent. ; larg., 1 m. 40 cent.

FEYEN-PERRIN

14 — *Esquisse pour la Résurrection de la fille de Jaïr.*

FLANDRIN

15 — *Sainte Pélagie.*

L'une des figures que le peintre exécuta pour la frise de Saint-Vincent-de-Paul ; c'est la sixième de la travée des saintes pénitentes.
Signé à gauche en bas.

Haut., 80 cent.; larg., 62 cent.

FYT (École de JEAN)

16 — *Lièvre, faisans, perdreaux, bécasses.*

Haut., 1 m. 10 cent.; larg , 1 m. 60 cent.

GATTI

17 — *Palette peinte : Basse-cour.*

GÉNIOL

18 — *Tête de Jeune Fille.*

De profil à gauche, vue jusqu'à la poitrine, son visage frais et rose, délicat comme un profil de Sasso Ferrato, est coiffé de cheveux châtain clair, lissés en bandeaux, et se détache en lumière sur un fond brun.

Haut., 45 cent.; larg., 36 cent.

GÉNIOL .

19 — *La Bouquetière.*

Délicat profil de jeune fille portant des fleurs dans son tablier.

Panneau ovale. Haut., 40 cent.; larg., 32 cent.

GREUZE (Attribué à)

20 — *Coquetterie.*

Elle est assise devant sa psyché et se coiffe. Elle est en train de passer des rubans bleus dans ses cheveux blonds, dont elle retient les tresses de ses deux mains. Une grande lumière vient caresser son jeune visage et son épaule nue.

Ovale. Haut., 55 cent.; larg., 45 cent.

GUÉRARD

21 — *Le Jeu de colin-maillard.*

Haut., 80 cent.; larg., 60 cent.

GUÉRARD

22 — *Les Sources de l'Aar.*

Paysage. Signé et daté : *1851.*

GUÉRARD

23 — *Le Bal Mabille.*

C'est un jour de bal à Mabille, au temps des châles et des chapeaux à bavolets. Les femmes sont d'une délicieuse grâce, paree d'un rococo enchanteur.

Aquarelle. Signée à droite en bas.

Haut., 26 cent.; larg., 40 cent.

HALS (Ecole de Franz)

24 — *La Réprimande.*

Il y avait sur la table une corbeille de fruits et les enfants ne se sont pas privés d'y faire des emprunts; mais voici qu'un homme barbu survient, comme croquemitaine, et il adresse à la fillette, quelque peu apeurée, une réprimande, d'ailleurs paternelle. L'enfant, qui est vue de face, se console de ne plus manger de fruits, car il s'est emparé de la fiole au liquide.

Haut., 78 cent.; larg., 90 cent.

LOO (Charles-Amédée-Philippe Van)

25 — *Le Triomphe de la Justice.*

Haut., 2 m. 20 cent.; larg., 1 m. 75 cent.

(Cette œuvre est l'une des esquisses définitives que le peintre présenta au roi de Prusse, pour le château de « Sans-Souci ».)

MAILLART

26 — *Le Repas de la meute.*

MENNESSIER (Auguste)

27 — *Le Défilé.*

PETITJEAN (E.)

28-29 — *L'Étang. — Bord de rivière.*
Deux paysages signés, se faisant pendant.

ROUSSEAU (Ph.)

3o — *Nature morte.*

>Panneau. Haut., 10 cent.; larg., 12 cent
>Signé du monogramme.

SAINT-GERMAIN (De)

31 — *Paysage montagneux animé de figures.*
>Signé en bas à droite.

TOURNY (Ernestine)

32 — *Le Musicien.*
>Signé et daté : *1867.*

VOIRIN (Jules)

33 — *Jeune Italienne.*

WERTHEIMER (Attribué à)

34 — *Tigre royal.*

>Haut., 5o cent.; larg., 6o cent.

WOUWERMAN (Ph.)

35 — *Le Cheval blanc.*

>Panneau. Haut., 20 cent.; larg., 3o cent.
>Signé du monogramme.

ÉCOLE ESPAGNOLE

36 — *La Vierge.*

ÉCOLE FLAMANDE

37 — *La Leçon de lecture.*

Haut., 57 cent.; larg., 42 cent.

ÉCOLE FRANÇAISE

38 — *Les Cinq Sens.*

C'est une jeune femme assise à l'intérieur d'une tente et autour de laquelle des enfants, par leur attitude, signifient les Cinq Sens. Il faut remarquer l'expression délicieusement enfantine des enfants et la grâce à la fois très langoureuse et très chaste de la femme.

Haut., 87 cent.; larg., 1 m. 08 cent.

ÉCOLE HOLLANDAISE

39 — *Portrait de Jeune Garçon.*

ÉCOLE ITALIENNE

40 — *Sainte Famille.*

ÉCOLE ITALIENNE

41 — *La Vierge et l'Enfant Jésus.*
Peinture sur cuivre.

ÉCOLE LOMBARDE

42 — *Sainte Famille.*
Peinture sur cuivre.

ÉCOLE MODERNE

43 — *Le Vieux Marquis.*

ÉCOLE MODERNE

44 — *Paysage au clair de lune.*

INCONNU

45 — *David.*

45 *bis* — Nombreux dessins, aquarelles, pastels, sépias par ou d'après Angot-Bertin, Chaffner, Th. Fort, Géniol, Guérard, Heroult, Kampf, Roqueplan, Eugénie Vuillamoz, etc. (Seront divisés.)

46 — Les Fables de La Fontaine. 2 vol., illustrés par Grandville. Éd. 1843.

47 — Jérôme Paturot. 1 vol., illustré par Grandville. Éd. 1846.

48 — Les Fleurs animées. 2 vol., illustrés par Grandville. Éd. 1847.

49 — Un Autre monde. 1 vol., illustré par Grandville. Éd. 1844.

50 — Les Cent proverbes. 1 vol., illustré par Grandville. Éd. 1845.

51 — Fiel et Miel. 1 vol., illustré par Grandville et Lewiski. Éd. 1839.

52 — Scènes de la Vie privée et publique des animaux. 2 vol., illustrés par Grandville. Éd. 1842.

53 — Les Français peints par eux-mêmes. Encyclopédie du XIXe siècle. Introduction de Jules Janin. Illustrations de Bellangé, Charlet, Daubigny, Daumier, Delacroix, Français, Gavarni, Géniol, Grandville, Isabey, Meissonier, H. Monnier, Morel-Fatio, de Saint-Germain, etc. 8 vol. Éd. 1841 à 1843.

OBJETS D'ART

ET MEUBLES

54 — Deux bouteilles de Satzuma, à décor de personnages.

55 — Paire de cache-pots de Satzuma.

56 — Paire de grands vases de Satzuma.

57 — Vase à col, cuvette et porte-savon en porcelaine de Chine.

58 — Crachoir en ancienne porcelaine de Chine, en forme de fleur de lotus.

59 — Verseuse en porcelaine de Canton.

60 — Paire de cornets à pans coupés, en ancienne porcelaine du Japon, décorés d'oiseaux et de fleurs ; monture en bronze doré.

61 — Paire de grandes potiches en porcelaine du Japon, à réserve de paysages et branchages sur fond bleu ; les couvercles sont surmontés de chiens de Fô.

62 — Potiche couverte en porcelaine du Japon, à réserve de personnages sur fond rouge.

63 — Deux vases-balustres en porcelaine du Japon, à réserve d'oiseaux sur fond rouge.

64 — Petite coupe à huit pans en porcelaine du Japon.

65 — Grande potiche en porcelaine du Japon.

66 — Deux tasses en ancienne porcelaine de Chine, et deux soucoupes en ancienne porcelaine du Japon.

67 — Service d'environ quatre-vingts pièces en faïence verte de Rubelle, comprenant : assiettes, plats, compotiers, etc., ajourés aux bords et ornés au centre de personnages, paysages, marines et fruits.

68 — Lot de pièces en faïence verte pouvant s'assortir au précédent service : raviers, bougeoirs, coupes et autres.

69 — Douze assiettes à bords ajourés en terre de Longwy.

70 — Plateau carré, écussonné au centre, en porcelaine d'Allemagne.

71 — Deux cache-pots en céramique bleue.

72 — Petite jardinière en porcelaine ajourée et décorée.

73 — Groupe en marbre par *Gaudès :* la Marchande d'amours.

74 — Amphore en marbre blanc à cannelures obliques.

75 — Groupe en bronze par *Michel Pascal* : les Enfants d'Édouard.

76 — Fontaine en bronze ciselé et argenté, signée de *A. Cain*, et figurant une gourde recouverte de feuillages, de fruits et surmontée d'oiseaux.

77 — Bénitier en bronze ciselé, doré et argenté, accosté de figures d'anges et surmonté d'un Christ en ivoire.

78-79 — Deux paires d'appliques à deux lumières en bronze ciselé.

80 — Chemin de croix. Les scènes marquant les quatorze stations sont en émail, dans des cadres de bronze ciselé et argenté.

81 — Vase en bronze du Japon.

82 — Paire de petits vases-balustres en bronze de la Chine.

83 — Petite jardinière hexagonale en ancien émail cloisonné.

84 — Plat en émail cloisonné à échassiers et fleurs.

85 — Paire de lampes en émail cloisonné.

86 — Jardinière en émail cloisonné, à monture de bronze.

87 — Buste d'enfant en plâtre, par *Paul Cay-
rard*.

88 — Cerf en terre cuite, par *Fratin*.

89 — Statuette de Cérès en terre cuite.

90 — Statuette de baigneuse en ancien biscuit.

91 — Statuette de Jeanne d'Arc en biscuit.

92 — Bas-relief en écaille : Saint Pierre.

93 — Bas-relief de fleurs en ivoire sculpté.

94 — Ancien coffret en laque décoré de feuilles
de vignes et renfermant cinq boîtes et des
jetons de nacre, marqués aux initiales S. D.

95 — Bâton de commandement de mandarin
chinois en laque rouge, à décor de personnages, rinceaux et lambrequins.

96 — Épée de cour Louis XVI.

97 — Couteau oriental à poignée en fonte de fer.

98 — Petit sabre marocain à manche de corne et
fourreau sculpté.

99-100 — Deux buffets en chêne sculpté à rinceaux, cariatides, mascarons et chutes de
fruits ; partie supérieure vitrée.

101 — Petit cartonnier de même style, à têtes de chien, gibier et frise présentant un sujet de chasse.

102 — Petite armoire gothique à hauteur d'appui.

103 — Prie-Dieu en chêne sculpté orné d'un bas-relief (les Noces de Cana), flanqué de têtes d'anges et de statuettes de saints ; il est surmonté d'une figurine de la Vierge et orné au centre d'une petite peinture s'ouvrant pour former tabernacle.

104 — Paire de colonnes-supports en chêne sculpté.

105-106 — Deux guéridons, l'un muni d'un plateau en cuivre repoussé aux armes de Lorraine, l'autre d'un plat en porcelaine de Chine.

107 — Piano droit d'Érard, coffre acajou.

108 — Objets omis.

www.ingramcontent.com/pod-product-compliance
Lightning Source LLC
LaVergne TN
LVHW011010180726
843502LV00007B/2453